Le jeu de billes

Le jeu de billes

Armelle Le Ravallec

© 2022, Armelle Le Ravallec

ISBN 9798355304225

Dépôt légal : novembre 2022

Loi n° 49-956 du 16 juillet 1949 sur les publications destinées à la jeunesse : novembre 2022

Auto-édition — Impression à la demande

Mise en page : Anne Guervel

Le soleil brillait ce jeudi après-midi. Les rires et les cris des enfants de primaire remplissaient la cour de l'école Victor Hugo.

Parmi eux se trouvait Théo, un garçon blond et farceur, entouré de ses copains de CE2. Théo aimait l'école, surtout les mathématiques et la géographie où il était très fort. Le mercredi, son activité favorite était d'aller à l'entraînement de football.

Mais, à 8 ans, le plus intéressant bien sûr, restait la cour de récréation, jouer avec les copains et surtout avec Joris, son meilleur ami.

Parfois ils jouaient à « chat perché » avec les autres garçons et filles. Celui qui était le « chat » devait courir et attraper l'autre qui était la « souris ». Puis il devenait le « chat » à son tour. On pouvait être perché sur un banc ou un petit mur. On s'amusait beaucoup. Il fallait courir assez vite et quand on attrapait l'autre on disait « touché ». C'était drôle.

Ce jour-là, dès que la sonnerie retentit, Théo sortit en trombe de la classe pour jouer avec son meilleur ami.

— Viens Joris, on joue aux billes, c'est moi qui commence, disait Théo.

Avec quatre billes, il fabriqua une petite maison, trois au sol et une par-dessus.

— Regarde, je fais trois pas en arrière, je tire, oui! en plein dans le mille! La «maison» s'écroula, touchée.

— À moi, regarde, dit Joris. Il fit trois pas en arrière et tira dans le tas de billes.

— Ah, raté, attends, je recommence.

— Non, c'est à moi maintenant, ajouta Théo.

Pendant cette partie, Corentin, un garçon de la classe de CE1 s'approcha et leur demanda:

— Je peux jouer avec vous?

— Non, t'es trop petit, t'es nul, on ne veut pas jouer avec toi, lui répondit Théo.

Corentin, étonné et déçu, ne bougea pas.

— Allez, va jouer plus loin, dit Joris en lui donnant un coup de pied dans la cheville. Corentin s'éloigna en pleurant, il ne comprenait pas pourquoi les deux garçons étaient méchants avec lui.

Il voulait simplement jouer avec eux. Et maintenant il avait vraiment mal à la cheville.

La cloche sonna, la récréation était finie, les cours reprirent. Déjà 16 h 30, la journée de classe se terminait et chacun rentrait chez lui.

Ce soir-là, au cours du dîner, Théo parla de la maîtresse et des jeux avec les copains dans la cour mais il ne raconta pas tout.

Puis, l'heure du coucher arriva.

— Je vais te lire une histoire, dit maman.

— Oh oui, dit Théo. Celle avec le château fort et les chevaliers.

Et maman commença la lecture en mimant les cavaliers et leurs puissants chevaux entrant dans le château.

Elle chanta, imitant un troubadour qui clamait son amour sous la fenêtre de la princesse.

À la fin du livre, maman embrassa son garçon et éteignit la lumière.

— Dors bien fiston, fais de beaux rêves de chevaliers. Théo était heureux. Il ferma les yeux et s'endormit vite.

Dring! 7 h 45, le réveil sonna, c'était déjà le matin. Théo se réveilla, s'habilla puis descendit prendre son petit déjeuner de muesli banane.

— Humm, c'était super bon.

— Allez, il est l'heure de se coiffer et de se laver les dents maintenant, dit maman.

Théo sauta de sa chaise et courut à la salle de bain. Au moment où il prit la brosse et se regarda dans le miroir, celui-ci se déforma complètement.

— Oh qui c'est ce chevalier? Il est tombé au sol, il est blessé. Puis le personnage disparut et Théo se vit dans le miroir.

— Aie! ça fait mal, c'est quoi cette déchirure en moi? Aie! waouh, il y a des mots sur le miroir maintenant, c'est quoi? J'ai peur.

— Non, t'es trop petit, t'es nul. On ne veut pas jouer avec toi.

— Ah je crois que je comprends, c'est ce que j'ai dit à Corentin hier.

Voilà que j'ai envie de pleurer maintenant ? Ah oui c'est parce que je ressens sa peine...

Le miroir ne s'arrêtait plus, il lui parlait en répétant sans cesse :

— T'es nul, t'es nul.

Théo s'enfuit alors en courant et se boucha

Une fois à l'école, Théo retrouva son copain Joris.

— Tu sais quoi, ce matin il m'est arrivé un truc très bizarre. Le miroir de la salle de bain me parlait, je voyais des mots défiler, je ne suis pas fou tu sais.

Joris ne fut pas étonné.

ıoi c'est pareil, ce matin, je me suis
ents et je me suis vu dans la glace,
t déformé.

ɹr, je ne bougeais plus.

senti quelqu'un qui me donnait un
de pied sur ma cheville mais je n'ai
ne.

ʒuis dit :

ʒt peut-être comme celui que j'ai
ːorentin hier. C'était comme si j'étais
ʒsenti sa peine quand il pleurait. Je
j'ai compris.

— Dis, tu ne crois pas qu'on devrait aller voir Corentin pour lui dire que toi et moi on s'excuse pour hier.

— Oui, bonne idée. Allons le chercher. Il doit être avec ses copains de classe.

Regarde il est là-bas près du préau. Viens. Les deux amis s'approchèrent du garçon.

— Eh Corentin, on voulait te dire qu'hier on aurait dû te laisser jouer avec nous, dit rapidement Joris.

— Ben oui, moi, je voulais juste faire une partie de billes, répondit Corentin.

La sonnerie retentit, ils partirent en courant et chacun retrouva sa classe.

Au cours de l'année, les deux copains changèrent petit à petit leur façon de faire.

Maintenant, ils comprenaient la douleur ressentie par l'autre.

Parfois, certains comportements revenaient mais ils se rappelaient le miroir, alors chacun d'eux allait s'excuser auprès de leurs petits camarades.

Chaque parole, chaque acte étaient importants, ils le savaient maintenant même si au début ils pensaient : « Je ne fais pas de mal vraiment ».

Ainsi, Joris et Théo garderaient longtemps dans leur mémoire d'enfant le souvenir de ce miroir magique. Devant leurs yeux ébahis, des mots en lettres d'or étaient apparus et resteraient gravés pour toujours :

« Donne le meilleur de toi-même, seul le partage d'amour me nourrit et nourrit l'autre ».

Donne le meilleur de toi-même...

Leur amitié s'en trouva renforcée. Désormais, ils étaient devenus des petits éclaireurs dans leur famille et à l'école également.

Chacun de leur côté donnait maintenant le meilleur de lui-même à ses frères et sœurs, à ses parents et à ses camarades.

La magie opérait... L'amour se donnait, se partageait.

Et toi, as-tu vécu une histoire comme celle-ci?

Si oui, comment peux-tu réparer le cœur de ton copain ou de ta copine?

La magie de l'amour s'est-elle invitée en toi?

Comment partages-tu cet amour?

Note tes ressentis dans ce livre et conserve-le toujours.

Ainsi tu pourras, toi aussi, devenir, un messager ou une messagère d'amour.

Je note mes ressentis, mes impressions

--- --- --- --- --- --- --- --- --- --- --- --- ---

--- --- --- --- --- --- --- --- --- --- --- --- ---

--- --- --- --- --- --- --- --- --- --- --- --- ---

--- --- --- --- --- --- --- --- --- --- --- --- ---

--- --- --- --- --- --- --- --- --- --- --- --- ---

--- --- --- --- --- --- --- --- --- --- --- --- ---

--- --- --- --- --- --- --- --- --- --- --- --- ---

--- --- --- --- --- --- --- --- --- --- --- --- ---

--- --- --- --- --- --- --- --- --- --- --- --- ---

--- --- --- --- --- --- --- --- --- --- --- --- ---

--- --- --- --- --- --- --- --- --- --- --- --- ---

Je note mes ressentis, mes impressions

À propos de l'autrice

Au gré de son imagination, Armelle Le Ravallec puise des histoires au cœur de sa sensibilité afin d'éveiller les petits et les grands aux thèmes qui lui sont chers : la protection des animaux et de la nature, l'amitié, la compassion.

Aspirant à un monde meilleur, elle souhaite éveiller les enfants à découvrir les qualités qui vivent en leur cœur.

À propos de l'illustratrice

Après des études de graphisme et une licence à l'école Pivaut, Anaëlle Métairie, jeune illustratrice, parsème les livres pour enfants de ses illustrations vibrantes de couleurs.

Des idées plein la tête, elle prend plaisir à créer dans son univers plein de vie, des personnages pétillants et à mettre en scène des animaux malicieux.

Anaëlle transmet également sa passion en donnant des cours de dessin à des enfants dans sa région nantaise.

Printed in Great Britain
by Amazon